1907 (Mars 23)

VENTE
du 23 Mars 1907
HOTEL DROUOT
Salle n° 6, à deux heures et demie

Tableaux
MODERNES

COMMISSAIRE-PRISEUR :
Me LAIR-DUBREUIL

EXPERT :
M. Henri HARO

4016. — Imp. Motteroz et Martinet, 7, rue Saint-Benoît, Paris.

CATALOGUE

DE

Tableaux Modernes

PAR

Boudin, Boulard, Calame, Chintreuil, Delpy,
Dreux (Alfred de), Français, Frère (Edouard), Gérome,
Harpignies, Moreau (Gustave), Noël (J.), Pelouse,
Penne (O. de), Rochegrosse, Roybet,
Stevens (Alfred), Thaulow (Fritz), Vollon (A.),
Ziem, etc.

DONT LA VENTE AURA LIEU

HOTEL DROUOT, SALLE N° 6

Le Samedi 23 Mars 1907

à deux heures et demie

EXPOSITION PUBLIQUE : Le Vendredi 22 Mars 1907

de une heure et demie à cinq heures et demie

Me LAIR-DUBREUIL
COMMISSAIRE-PRISEUR
6, rue Favart, 6

M. Henri HARO
PEINTRE-EXPERT
14, rue Visconti, et rue Bonaparte, 20

CE CATALOGUE SE DISTRIBUE

à Paris, chez :

Me LAIR-DUBREUIL	M. Henri HARO
COMMISSAIRE-PRISEUR	PEINTRE-EXPERT
6, rue Favart, 6	14, rue Visconti, et rue Bonaparte, 20

CONDITIONS DE LA VENTE :

Elle sera faite au comptant.

Les adjudicataires payeront *dix pour cent* en sus des enchères.

TABLEAUX MODERNES

BOUDIN

1 — Port de mer.

Signé à gauche.

B. — H., 0m,33. L., 0m,46.

BOULARD

2 — Portrait d'homme.

Signé à gauche.

B. — H., 0m,35. L., 0m,27.

BRETON (Émile)

3 — La Ferme; effet d'orage.

Au premier plan des laveuses sont au bord d'une mare, plus loin la ferme vivement éclairée se détache sur un ciel sombre.

Signé à droite et daté 1872.

T. — H., 0m,52. L., 0m,66.

CALAME

4 — Torrent dans la montagne.

Le torrent court en bouillonnant au milieu des rochers, bordé à gauche de quelques sapins. Dans le fond on aperçoit des cimes neigeuses dorées par le soleil couchant.

Signé à gauche.

T. — H., $0^m,81$. L., $1^m,00$.

CALMELS (H. DE)

5 — Fleurs.

Aquarelle.

Signé à droite.

CALVES

6 — La Rentrée de la moisson.

Signé à droite.

T. — H., $0^m,46$. L., $0^m,39$.

CALVÈS

7 — Chevaux de labour.

Aquarelle.

Signé à droite.

CHINTREUIL

8 — Chemin du val d'Enfer (Bruines).

Le chemin traverse une vaste clairière qu'éclaire le soleil couchant, pour aller un peu plus loin s'enfoncer dans les bois. A droite, un chemineau s'est endormi, harassé de fatigue, sur des troncs d'arbres coupés.

Signé à droite.

T. — H., 0^{m},33. L., 0^{m},27.

DELPY

9 — Bord de rivière; effet de soleil couchant.

Sur le bord d'une rivière aux eaux teintées de rose par le soleil couchant, près d'un bateau amarré au rivage, une femme lave son linge. Dans le fond, quelques grands arbres.

Signé à droite.

B. — H., 0^{m},30. L., 0^{m},50.

DELPY

10 — Paysage avec rivière.

A droite, au bord de la rivière qui serpente, une laveuse; dans le fond, au milieu des bois, le soleil se couche, perçant par endroits les nuages.

Signé à droite.

B. — H., 0^{m},30. L., 0^{m},52.

DELPY

11 — La Seine près de Mantes.

La Seine coule sous un ciel pur, passant dans le fond sous un pont de pierre; à droite, au bord d'un chemin qui longe le fleuve, des maisons et quelques baraques.

Signé à droite et daté 94.

B. — H., 0m,36. L., 0m,65.

DELPY

12 — Champ de coquelicots.

Au premier plan, un vaste champ rempli de coquelicots, duquel émerge le torse d'un moissonneur; plus loin, quelques coteaux.

Signé à droite et daté 72.

T. — H., 0m,46. L., 0m,81.

DREUX (Alfred de)

13 — Rendez-vous de chasse.

Signé du monogramme à droite.

T. — H., 0m,33. L., 0m,46.

DUSOUCHET

14 — Intérieur.

Signé à gauche.

T. — H., 0m,65. L., 0m,55.

ELIOT

15 — Chemin montant près de la mer.

Signé à droite et daté.

FRANÇAIS

16 — Ruisseau de Gélard, bois du Val d'Ajol (Vosges).

Signé à droite.

T. — H., 0m,47. L.,0m,56.

FRÈRE (Édouard)

17 — L'Exercice.

Sur la place du village, entourés de quelques badauds et curieux, une trentaine de gamins font l'exercice sous les ordres du garde champêtre. L'un, debout vers la gauche et coiffé d'un béret rouge, porte un tambour en bandoulière; les autres, disposés sur quatre rangs, manient chacun un lourd fusil.

Signé à gauche et daté 1880.

T. — H., 0m,74. L., 1m,00.

GÉROME

18 — Mort de César.

Les bancs de la salle du Sénat sont maintenant déserts. Tandis que dans le fond les sénateurs, leurs poignards élevés au-dessus de leurs têtes, montent en vociférant les marches qui conduisent au dehors, au premier plan à gauche, César est étendu, la face à moitié recouverte de sa toge ensanglantée; de chaque côté de son trône renversé, deux statues, droites et toujours immobiles sur leur piédestal, semblent personnifier l'implacabilité du destin.

Signé à gauche et daté.

T. — H., 0^m,83. L., 1^m,44.

GROLLERON

19 — En manœuvres; nouvelles du pays.

Dans un paysage accidenté, plusieurs soldats se chauffent devant un feu et l'un d'eux lit une lettre qu'il vient de recevoir.

Signé à droite.

T. — H., 0^m,41. L., 0^m,32.

GUILLEMET

20 — L'église de Moret-sur-Loing.

Signé à gauche.

T. — H., 0^m,73. L., 0^m,54.

Gérome

Mort de César

HARPIGNIES

21 — L'Allier près de Mars-sur-Allier.

Un orage a éclaté, maintenant apaisé. Sous un ciel encore chargé de nuages, l'Allier coule, charriant des troncons d'arbres que le vent a abattus.

Signé à droite.

T. — H., 0m,31. L., 0m,46.

HERVIER

22 — La marchande de légumes.

Aquarelle

Signé en haut à gauche et daté 57.

HERVIER

23 — Le marché à Caen.

Aquarelle.

Signé à droite et daté 1854.

HUBER (L.)

24 — Fruits.

Signé à droite.

T. — H., 0m,41. L., 0m,51.

LE ROUX (Hector)

25 — **Sapho.**

Signé à droite.

T. — H., 0^m,50. L., 0^m,30.

MOREAU (Gustave)

26 — **La Chimère.**

Du sommet d'un rocher, la Chimère, sorte de centaure ailé, s'élance dans le vide. — Sa croupe grise, surmontée d'un torse d'homme, se détache sur un ciel nuageux; ses ailes bleues sont à demi déployées. Une femme nue, les cheveux dénoués, s'est suspendue à son cou, et, grisée, elle y dépose un long baiser, sans voir le gouffre étendu sous ses pieds, tandis que le masque de la Chimère reste froid, et que ses yeux sans vie et sans pensée demeurent obstinément fixés vers l'infini.

Signé à gauche.

B. — H., 0^m,33. L., 0^m,27.

NARDI (F.)

27 — **La rade de Toulon.**

Signé à droite et daté 94.

T. — H., 0^m,33. L., 0^m,46.

Moreau (Gustave)

La Chimère

NOEL (J.)

28 — **Côtes de Bretagne.**

Signé à droite.

B. — H., 0m,28. L., 0m,49.

ORTMANS (Aug.)

29 — **La mare.**

Des vaches s'abreuvent dans la mare qui est au premier plan; plus loin la lisière d'un bois.

Signé à droite et daté.

T. — H., 0m,56. L., 0m,66.

PELOUSE

30 — **Mare sous bois; effet de soleil couchant.**

Signé à droite.

T. — H., 0m,65. L., 0m,46.

PENNE (O. de)

31 — **Braques Saint-Germain.**

Dans une prairie, deux chiens, au poil blanc tacheté de roux. L'un tient dans sa gueule une perdrix, tandis que l'autre, la queue dressée, le nez au vent, semble en arrêt. Dans le fond, une ferme au bord d'une mare.

Signé à droite.

T. — H., 0m,56. L., 0m,46.

ROCHEGROSSE

32 — Sémiramis.

La fière reine d'Assyrie est assise sur son char. Son costume est fait d'étoffes précieuses de toutes couleurs; elle porte un casque à haut cimier. L'expression hautaine de son visage se mêle de tristesse et d'ennui; sa main gauche s'appuie sur son genou, tandis que l'autre tient nonchalamment une rose. Derrière elle, au pied du char, des guerriers contemplent leur reine avec admiration.

L'artiste a peint autour de cette composition un encadrement légèrement cintré du haut, qu'ornent des guirlandes de roses et d'autres décorations diverses.

Aquarelle.

ROUBY

33 — Nature morte. Cuivres.

Signé en haut à gauche.

T. — H., 0m,92. L., 0m,73.

Roybet

Le Porte Étendard

ROYBET

34 — Le Porte-étendard.

Un gentilhomme est debout au premier plan, botté et revêtu d'un pourpoint de satin blanc et d'une culotte de velours; il tient son chapeau d'une main, un grand étendard de l'autre; quelques cartes gisent par terre. La pièce est faiblement éclairée, et dans le fond, par une porte entr'ouverte, on aperçoit un balcon, puis quelques arbres.

Signé à gauche.

B. — H., 0m,77. L., 0m,52.

STEVENS (Alfred)

35 — Sur la plage.

Signé à gauche.

T. — H., 0m,60. L., 0m,73.

STEVENS (Alfred)

36 — Marine.

Signé à droite.

T. — H., 0m,65. L., 0m,54.

TAVERNIER (J.)

37 — Intérieur d'atelier de peintre.

Signé à gauche.

B. — H., 0^m,29. L., 0^m27.

THAULOW (Fritz)

38 — Le vieux pont; effet de lune.

Sous les arches du pont de pierre, la rivière roule ses eaux verdâtres. C'est la nuit, et les quelques maisons qui, sur l'autre berge, bordent la petite ruelle sont vivement éclairées par les rayons de la lune. Sur le pont, sous un ciel dont le bleu s'assombrit, un homme et une femme rêvent accoudés au parapet.

Signé à droite.

T. — H., 0^m,73. L., 0^m,60.

Thaulow (Frits)

Le Vieux Pont

Thaulow Fils.

Bord de rivière

THAULOW (Fritz)

39 — Bord de rivière.

La rivière coule, reflétant un ciel violacé de soleil couchant. Au loin, un étroit pont de pierre, encadré de jeunes arbustes; au milieu de quelques maisons, aux toits de tuile rouge, se dresse la tour d'une église. Nous sommes en dehors de la ville, et l'on aperçoit à droite, derrière des gazons verts, les murs de pierre des fortifications qui bordent les dernières maisons.

Signé à droite.

T. — H., 0m,69. L., 0m,90.

VOLLON (A.)

40 — Scène d'intérieur.

Dans un salon qu'éclaire une lumière diffuse, une jeune femme est assise au piano et tourne la tête les yeux baissés, fixant quelque objet invisible pour le spectateur; son petit garçon a abandonné à terre un polichinelle, et se tient immobile près d'elle, appuyé sur un tabouret. Sur le piano, des livres sont posés pêle-mêle autour d'une potiche de Chine, tandis que dans un coin, à droite, on remarque une guitare, des morceaux de musique, et d'autres accessoires.

Signé à droite.

N° 203 de la vente Daupias.

T. — H., 1m,38. L., 0m,96.

Vollon (A.)

Scène d'Intérieur

Ziem

Le Quai

ZIEM

41 — Le quai.

C'est probablement le quai des Esclavons, à l'endroit où un petit pont recouvre l'un des nombreux canaux de Venise. A gauche, abritée sous un grand vélum qui ressort de l'alignement des maisons, se dresse une statue de madone qu'une riche lanterne dorée éclaire pendant la nuit. Au premier plan sont groupées çà et là des mendiantes aux haillons multicolores, tandis que plus loin, sur les marches du pont, quelques hommes accoudés au parapet, suivent des yeux une gondole qui rentre dans Venise. A droite, sur la mer bleue, quelques petits voiliers.

Signé à gauche.

B. — H., 0m,40. L., 0m,60.

42 — Sous ce numéro seront vendus les Tableaux et Aquarelles non catalogués.

4406. — Imprimerie MOTTEROZ et MARTINET, 7, rue Saint-Benoît, Paris.

www.ingramcontent.com/pod-product-compliance
Ingram Content Group UK Ltd.
Pitfield, Milton Keynes, MK11 3LW, UK
UKHW020215180726
13838UKWH00005B/2005

9 782329 387857